uma ilha não é um fóssil

jul

numa

Para Julia, com carinho.

Uma ilha não é um fóssil.

Ao ler isto logo me pus em movimento. Resgataram-me dos meros pensamentos o poema e a prosa poética, a imagem, as invocações e provocações de Julia que, eu supunha mas não sabia, vive na ilha ao lado da minha e, vez por outra, escuta o meu cantar e eu o dela. Atravessei a ilha de Julia, atenta como quem vai atrás de vestígios de sons e de canções, o que mais me aproximaria do que tenho dela na memória, e me deparo, no entanto, com um corpo plural que redimensiona a obra simbólica, dando-lhe plasticidade e volume, e mais beleza ainda. Pois eu canto para ela aqui, para Julia, ela mesma devota de vestígios que me fariam pensar: seria ela uma centelha magicamente capturada da fonte evanescente de onde jorra a criação, seria ela? Ou a plena expressão da potência criadora que só presenteia com a obra aquele que tem a força de empurrar uma centena de búfalos dentro d'água ou, quem sabe, de desfossilizar uma ilha?

Para viver em estado de poesia – parafraseando o poeta – não basta ser poeta: é, sendo Joyce ser Ulisses, sendo Dante ser Beatriz, sendo Virginia ser Orlando, sendo Rosa ser Diadorim e, sendo Julia, ser uma ilha. Ser o destino de si mesma e tomar para si a árdua tarefa de zelar por uma propriedade particular no meio do mar, cujas bordas não cessam de transbordar, e fazer dela a reserva ecológica da pulsão criadora. Uma beleza, Julia. Viva, vivas!!!!!!

Alba Lirio

sumário

antes
ou depois
do fogo

essa cidade
está nos
perdendo

acidentes
que
acontecem

vestígio
&
devoção

todo corpo é um vestígio
de outros corpos

vestígio
e devoção

vêm e vão. as ondas salgadíssimas de Punta Rubia. seus enormes cães praianos. o vento arde.

o mar está velho. o contorno da paisagem está desencaixado.

as imagens que guardamos das coisas são como ilhas. repentinamente mudam de lugar.

uma ilha para mim foi tantas coisas: *o Uruguai, um filho, uma língua*. penso em ilhas como penso em Ítaca. uma última carta na manga. um fundamento/juramento.

un hogar.

para onde vão as imagens que envelhecem?

imagens que se perdem da sua origem. que enferrujam. *enquanto sonhamos tantas vezes a nossa infância até se transformar noutra infância até rebentar nossa própria ideia de uma memória infantil.* imagens fósseis. infâncias fósseis. desejos fósseis. amigos. pessoas. uma ilha não.

uma ilha não é um fóssil.

uma ilha é um devir.

há fotografias e mãos e nomes que se desfazem no
movimento centrífugo do corpo para atravessar a si mesmo,
para atravessar o amor, para atravessar os pequenos poemas
de passagem feitos na pele com uma caneta bic.

há momentos apagados para sempre. partidos pelo meio.
rompidos no lugar onde moram os odores que a gente
possivelmente esqueceu.

e no entanto. no ponto oposto. no exato sumidouro do
espelho. resiste ali: a memória vibrando. repercutindo sua
insistência / resiliência infantil.

não darei seu nome a este livro.

não darei a você o que ainda não é meu. e que não sendo meu, não pode ser consignado. ainda mais a você, porque não se dá nada a quem se ama sem arriscar dar uma parte descabida, como um pedaço do próprio baço, das pernas, do sonho.

1. *callarse*. observo o movimento da muda de arruda na varanda. pela manhã murcha e pela noite já está sorridente outra vez. observo a pulsação sanguínea. quando não se pensa com palavras não há o que falar. os homens tonteiam na histeria das cidades. eu. tonteio rioadentro. tecendo com a água uma possibilidade de existir. crer é crer em deus [nic parra]. falar é falar de si [herta muller]. ou seria *em si*. não falar não crer. experimentar o deus. experimentar a água. eu. me calo numa palavra úmida, fluida, oculta. me calo na contemplação de um felino: leões, guepardos, gatos. descansando ou reluzindo. extrapolando o sol sobre si mesmos.

2. *callarse*. tento encontrar alguma soberania animal. os cavalos são [aunque para mí] incompreensíveis. os cavalos carregam uma felicidade silvestre. uma submissão voluntária. um amor não dócil. um amor. não estou apta para ser um cavalo. não terei tempo para desenvolver isso.

3. *callarse*. em mim. o tempo fecunda apenas uma estranheza. um tédio. uma bruma. também: o tempo desorbita a ira e outros excessos que estive levando [por aí]. a necessidade de mostrar, [por exemplo]. de *mostrarme*. para quê?

si ya me mostré al rio.

frequentemente descubro

que até as louças na pia merecem amor. deixo a água escorrer de forma gentil. para que elas sintam. que alguém as cuida. que lugar é esse? amar os pés das árvores. ahogarse. tudo o que sobra entre uma cidade e outra. entre um país e outro. entre duas cabeças. *será que o amor vai minguar?* eu penso. o amor deveria ser das criaturas que nunca se atrasam. enquanto permanecemos aqui. esperando. rente às pedras. ao tempo. às casas de abelha que se amontoam no teto. às fendas iluminadas que tomam posse de nós.

pandemia. endemia. taxidermia. mãos e pernas que não compreendem seus ossos. a fuligem e o orvalho das plantas de manhã. ter com as plantas. como ter com irmãos. acariciar as plantas. como acariciar os irmãos. o tempo florescendo em sua paralisia contínua. quando retornaremos ao ano em que estivemos juntos?

llueve o sopla

las puertas golpeándose parecen puertas fantasmas. despierto. deambulo desnuda por la casa. las puertas estaban cerradas.

1. gostaria de ler as 986 páginas de *A Montanha Mágica*. leio, sin enbargo, apenas um poema por dia. quanto mais curto o poema, mais tempo me custa.

2. *no soy Ulíses. no quiero volver a Ítaca.* todavía estoy aquí: golpeando la noche como una bestia. arpejo em torno da luz, várias vezes, velas, lamparinas, fósforos, faróis imaginários.

3. *escríbelo para que no perezca.* escrever o quê? tudo o que conheço está tomado pelo mar, por Ulisses ou Hans Castorp e sua, minha, montaña fantasma.

4. está definido que o tempo é um engano. pode-se ir e voltar. *estou há dias presa dentro de algo*. na minha infância. no dia em que fiz uma cirurgia na coluna. no dia em que comi uma bacia de cerejas. no dia em que apalpei a sua barba, torpemente recortada, e vi dentre os pelos tão ralos todo um resto de sol.

5. após 460 páginas [contém spoiler] o apaixonado Hans Castorp, finalmente, se encoraja a falar com Clawdia Chauchaut, sob a orgia da linguagem dos sonhos. *la verdad no es decible*, dizia uma poeta uruguaia, mas em sonho, ou em alguma língua transversal, é possível comunicar-se.

6. é necessário *dedicar-se a línguas transversais*.

ahí estoy.

moviendo cajas a ciegas.

entre os artefatos indispensáveis, que de tão guardados já não se podem notar, me deparo com um exemplar do Benedetti, *La Tregua*. dentro do livro, há uma folha com uma casa rabiscada a lápis.

uma morada para j., diz.

sem reconhecer a caligrafia, o desenho – sino la torpe e contínua busca por uma casa, uma ilha, que deve ser algum tipo de karma, um fantasma acoplado ao corpo, uma estrangeira, como eu como nós – guardei-o junto à estante de *recuerdos sin recuerdos*. os quais, geralmente, atribuo a você.

há dias um calor inverval interrompe as tardes. cerca-me pelos lados. olho para uma árvore no asfalto, exposta ao tempo. me lembro das tuas mãos na beira de um rio: segurando pedrinhas de seixo como quem as pudesse salvar de um afogamento.

não,

gostaria de ter dito. isso não é possível. estamos sempre quebrando, afogando, partindo.

ando com pedaços faltando

olha
isto aqui
não é seu?
pergunto
enquanto derrubo
sem querer um
centímetro do teu nome
na rua

a rua
um acidente qualquer

naṭarāja

then something seems to be falling
on me, over me, a curtain of rain or light.

Gloria Anzaldúa

eis que a água sabe
deixar a pele bêbada
pouco a pouco
atravessa

misturo a carne com a lama
da chuva
                                        arrancando as pedras
quero em deus
                                        o que inunda

1.

faz tempo
troquei a palavra self
pela palavra selva

2.

parece ser necessário
encarar a própria bestialidade
de uma forma não só destrutiva como
        também amorosa

3.

ser bestial é muitas vezes negar anestesia
al mismo: desapegar-se a ponto de cuidar de si

4.

cuidate, amor.

axé, amém & adeus

de um lado está o sol. as tamareiras riem da juventude humana.
do outro lado, o rio. dois meninos poetas brincando. em algum
lugar estamos nós. decompondo no reflexo da água. atados à
memória de uma noite de estrelas. em algum lugar estou eu.
afundada em uma oferenda com flores. Śiva, Viṣṇu e Rāma.
um coração. miríades de nomes pendurados em guirlandas
que adornam o meu pescoço.

e esta sombra. este amorzinho quebrado com raízes de planta.
este amorzinho quebrado. este amor.

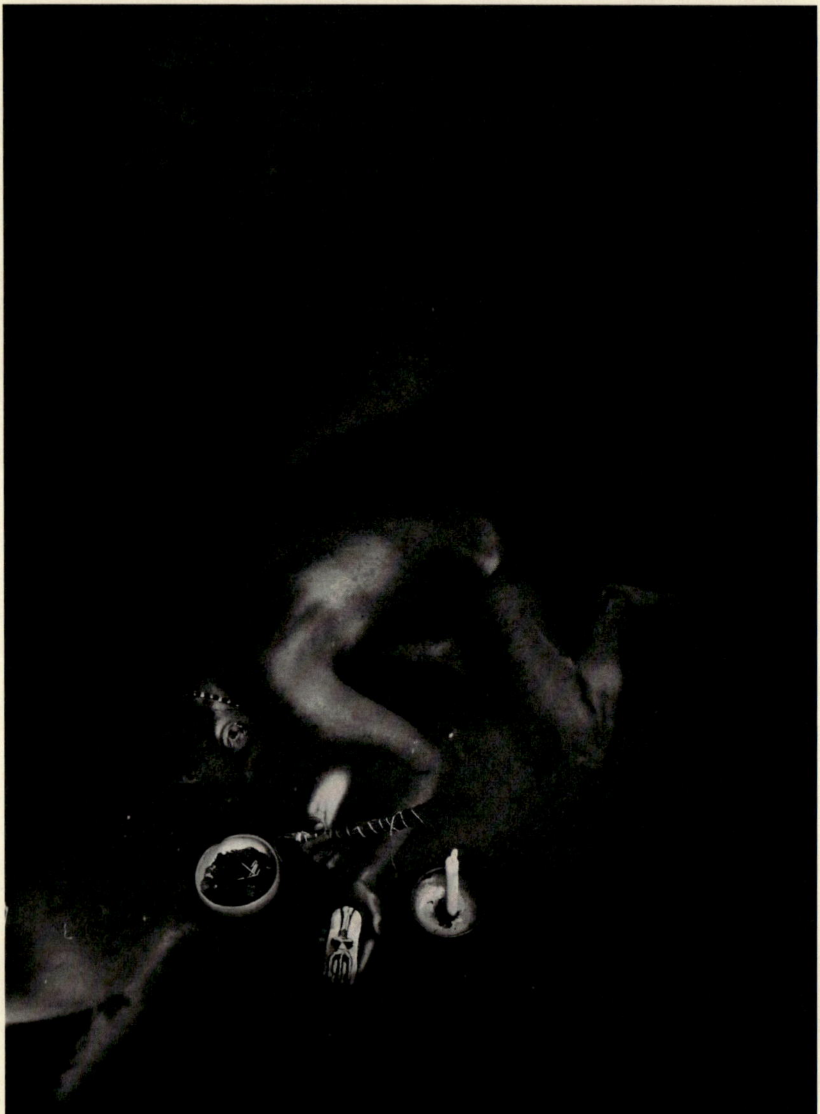

naṭarāja

apesar da sonolência dos dias
da eletricidade dos passos
        e
tudo branco
neste areal
de mortos
eu ainda me sento à beira dos montes
        encaixo os seios nus
numa planície quente
onde o sol ainda tem graça de habitar

        qualquer mineral me acalma
estar diante de uma pedra
        é voltar
a alguma partícula íntima
na qual nós mesmos
fomos sonhados

apesar da sonolência dos dias
        eu ainda me agarro
        e mastigo a terra
e por mais que pareça improvável

acredito
na avalanche repentina
        brotada deste barro verde
que nos tomará pelas mãos
        arrastando
qualquer esfera
qualquer nome
        a baixo

e eu poderei olhar para as tuas retinas
finalmente & novamente
cheias desta pungência humana

        você me lembrará

                que o voraz esquecimento
                é a única forma de dançar

tengo un corazón
latinoamericano

un músculo incendiado
un órgano ajeno
clavado
en su tierra de pueblos fantasmas
una pulpa inlastimable
donde la sangre
no deja de brotar

tengo un corazón atlántico-pacífico
eterno
manchando todo
con sus piezas
tiradas por la orilla

un trozo de bife que late
pugilista
entre guerras
un bicho
que solo encuentra
su tregua
entre los cumpas, hermanados

que suelen todavía
nombrarlo
este
desgarro

un corazón

acidentes que acontecem

la idea de que todo es absurdo
hace sentirme cómoda

Fiori Gagliardo

amores aquáticos
destroços na areia

1. usar os órgãos como mapa mediático dos saberes
2. até quando vai esta chuva miúda?
3. construir uma cabana cósmica
4. nadar em piscinas vazias
5. “estamos em ‘condições dispersas’ e diferentes partes do tempo podem estar espalhadas pelo universo infinito”
6. minha infância foi parar em marte

bailar un vals al borde
del abismo

Nicanor Parra recomenda

completei trinta anos numa pequena cidade litorânea do Chile, onde vivia Nicanor Parra. logo pela manhã fui visitar sua casa, que estava trancada. havia escritos, assinados por viajantes diversos, na parte externa da cerca que a protegia. pessoas que foram até lá só para visitar uma casa trancada. como eu. às vezes penso, quantas casas trancadas tenho visitado e por quê? às vezes penso sob o ponto de vista da casa: sem servir de estância. e também penso nos poemas que ficaram ali, impedidos, desde que o velho Parra morreu. um antipoeta. uma anticasa.

no fim da tarde desci a ladeira que conduzia à praia mais próxima. caminhei entre as rochas que se atrapavam em algas gigantes, um pântano, na verdade. meus pés, em segundos, colaram no chão, na areia, que não chegava a ser cinza, mas não era definitivamente branca. senti rapidamente o vento infringindo o pacífico. me sentei. as roupas molhadas, o frio, até dava pra aguentar. o silêncio não, era um zumbido constante que se infiltrava nas pedras. uma tontura. fiquei a ver. as casinhas amontoadas ao longe. uma cidade que era na verdade um pequeno monte. uma anticidade. um antisilêncio. um antimar.

olho por muito tempo uma poça formada pela chuva. as ranhuras de uma pedra que a água cobre. me agacho. nos infiltramos. eu e a pedra. eu e a chuva. temos uma espécie de carne comum. o tempo. os poucos elementos que nos alinham. a materialidade, uma fissura. cheia de espaços: empresto o meu corpo. entrego: uma desistência que carrego há anos. desistir é como deitar-se, amolecer, deixar revelar as fendas do osso. me deito, em prol daquilo que nos contém no chão. não sou Ulisses, gostaria de dizer. estou. ainda assim: abrindo-me como quem acredita na salvação de um corpo: numa casa, numa trégua, a possibilidade de pousar, aqui, numa Ítaca qualquer: uma poça, pedra, chuva.

é fácil receber o primeiro verso

não estas manhãs
que rapidamente se alastram pelo céu enorme do Uruguai

parece enorme cantar
                                                            ver

o dia que nos prensa delicado em sua fantástica
ou terrífica liberdade

abro a boca para dizer algo

recrio as paisagens e os fachos de luz que recaem sobre tuas
mãos dançando

          deito sobre o areal e canto

assim como cantam as patas de caranguejo
remodeladas pelas nuvens no sol e

ainda espero revelar
de fora para dentro de mim

todas essas coisas que você gosta tanto

se pode encontrar amor
em muitas coisas

    inclusive em coisas vazias

    uma estrada
    garrafas
    tardes

    becos

encontra-se amor
em qualquer parte

inclusive na metade das coisas
você pode amar a metade de uma pessoa
e pode amar a metade que falta nesta pessoa
    com seus abismos abertos
até insalubres
    nunca se sabe

    tudo o que você pode amar

ninguém está condenada a não amar

        a amar
        a desamar

são apenas acidentes que acontecem

mesmo assim estamos condenadas
        a resgatar-nos
de qualquer um desses desastres

chegou faz tempo

mas fui comendo
aos poucos
este pequeno
amor

essa cidade
está nos
perdendo

canto tentando assimilar o tom dos hidrantes, caçambas,
chuveiros, britadeiras, furadeiras, buzinas, descargas, hélices,
tubulações, jogos de futebol, por um momento

parece-me tudo quase amável.

[08:31] “a manhã começa a bater no poema”
[mar]
uma sílaba do teu nome
quantas cores tem o mar desde que me lembro?

[08:33] já estou exausta
gostaria de ver um peixe

[08:34] as folhas se aglomeram na calçada
no estoy para ayudarlas

[14:50] “é preciso equilibrar-se nos poemas”
talvez eu enlouqueça à beira desta
tarde
desta louça
dos cabelos torpemente arranjados

e teu nome que não dorme
no desenho das mãos

[16:00] pausa

[17:00] à tarde sempre um buraco

[19:00] "o poema dói"

[21:21] ouço o cão arregaçar a porta do vizinho
todas as noites o cão sai para passear
e o velho esquece a porta trancada

[21:30] uma parte de mim pensa:
devo dar abrigo ao cão?

[21:35] "estou uiniversalmente só"

um deserto árabe invade a janela
tenho saudades de coisas que nem sei
do deserto do Yemen, por exemplo

[21:50] abro a porta para o cão entrar

[21:57] "do que é feito o poema?"

o cão se aproxima da linha de entrada

do meu apartamento
mas não ousa cruzá-la

[21:59] empenho uma furadeira imaginária
para baixo dos meus pés
para dentro da casa / o poema

[22:00] mantenho a porta aberta

[22:16] silêncio

[22:20] nos encaramos
eu e o cão

[22:24] vai ser horrível o que vou dizer
mas
nunca gostei de cães

[22:26] quase sustento o ar sem sequer
lembrar / dizer o teu

[23:40] dei o teu nome, secretamente, ao cão
no entanto, o chamarei de Yemen,
para que nenhum de nós perceba

[23:45] agacho para estarmos na mesma altura

[23:46] não gosto que me olhem de baixo

[00:00] de repente me dou conta de que
se o cão entrar
não sairá jamais

[00:36] faço um muro de almofadas ao pé da porta
sugiro que o cão não entre
mas que ainda saiba cruzar a barreira
em caso de extrema urgência

[01:37] quais seriam as urgências de um cão?

[02:00] o silêncio sepulcral
do poema

[02:37] estamos abraçados no corredor
eu e o cão

[04:19] a porta da frente se abre

[04:19] não

o velho vai levá-lo embora

[04:21] "é a madrugada e a noite que rolam sobre os telhados do poema"

[04:25] me deito no espaço vazio onde estava o cão

o que te contar sobre essa noite?

dançar sempre, beber menos, amar com mais severidade e deixar que os mosquitos mordam/entrem/inchem na garganta. o que resta desta noite – luar & cicatrizes – um nome baixinho murmurando pelo quarto. a voz rouca de *Brittany Howard*. as mariposas. cozendo a velocidade das mudanças. o nordeste – inundando – o meu peito – as barragens todas. o livro do Piva que ficou debaixo da chuva. os ratos na composteira do quintal. uma cobra miúda encontrada na porta de casa. o rosto e os seios daquela mulher. os olhos cozidos junto com o arroz. *Leonardo Fróes* quando viu um arco-íris duplo pela primeira vez. a tatuagem nos teus braços. e nos teus dedos. a sensação de que nunca mais te veria nua. o último movimento dado antes da paralisia de *Carson Mccullers*. a cegueira de Joyce. o looping deserto na estrada até o novo méxico. os fogos hasteados num 4 de julho que incendiaram o jardim. o fraque nos incêndios de *Nicanor Parra*. os três dias de trégua quando finalmente me apaixonei e ela me mandava adotar um gato. a gata, com a cabeça desforme, que parecia uma galinha e que morreu sem saber que eu havia partido. a garrafa de jim beam derramada sobre o pé de hibisco. aquele chá de hibisco. *Mademoiselle Chagas* e sua escrita dura, hirta, seus olhos hirtos. sua sedutora seriedade. a improvável loucura de *Herta Müller* – não enlouqueceremos, jamais, ela me diz.

o provável buraco em que estou entrando agora. o homem de coração enfático. nossas cidades improváveis: Herbais, Quinnipak, Mundaú: *Lúcia y* suas pernas gordas relutantes com a areia da praia. a droga que acabou depois de finalmente alcançarmos a igrejinha do outro lado da costa. a onda que nos trouxe uma arraia voadora em Saquarema. o horror e a ternura nos olhos daquela arraia. *o horror e a ternura desde sempre*. o dia em que você me fez chorar em Puruba. o dia em que joguei tomates em cima de você em Salvador. o dia em que conheci *Rita* no Pelourinho. o dia em que fodemos no estacionamento do congresso. a única palavra em alemão que aprendi. a narcolepsia do brilhante e desconhecido pintor *Carlos*. a turca que me beijou escondida atrás de uma árvore em Mountain View. a borra de café. daquele café turco. a obsessão do irlandês pelos jogos de gamão. os ladrões de vinho e os banhos nas piscinas de casas abandonadas. teu olhar quando chegou de surpresa – meu corpo coberto de barro. *Sarah Kane* e o poeta da Rua Augusta que dizia: escreva o que você tem que escrever e ame menos, ame cada vez menos, até que você possa escrever algo que preste. reservar-se o direito de amar menos. reservar-se o direito de cultivar serpentes dágua dentro de si. a vontade de degolar a própria cabeça. a vontade de comer todas as balas do pote como quem come balas de chumbo. agarrar o coração com as unhas. agarrar o coração. tentar compreender o conformismo de *Sixto Rodriguez*. desejar o seu segredo. nossa viagem de moto até Bragança Paulista. o dia em que você roubou as minhas vibrantes galochas verdes. o dia em que pulei o muro da sua casa para roubá-las de volta. o frio nas montanhas de Chillan. a nudez no lago de Mairiporã. *Ginsberg* fermentando a nossa garganta. como posso agradecer *Audre Lorde*? a sua mala esquecida na porta do hotel. a declaração que fiz debaixo d'água ou quando você ainda estava dormindo.

te encontrar na praça,

dez anos depois. a conversa sensacional que tivemos dentro do ônibus e a qual eu nunca vou esquecer mesmo sem lembrar do que dizíamos. os coturnos que te enviei pelo correio e que você nunca me pagou. o unicórnio rapidamente visto nos penhascos da estrada de Creta. a mudança que fizemos a pé, com carrinhos de feira, atravessando o Brooklyn. a aranha que esmaguei no meio de um trikonasana no quartinho de cima da casa. os tamancos roxos número 44 encontrados no sótão de um restaurante jamaicano. a disputa por aqueles tamancos. a dança desesperada no balcão de uma boate gay em Londres. o disco-voador e o clarão nas montanhas do Souza. os vagalumes enxameando a cabeça enquanto você resignificava a palavra cafuné. *Mautner y Neil Young* nas madrugadas do Sertãozinho. a explosão do posto na Bernardino de Campos. o dia em que tentei surfar pela primeira vez e pela segunda vez o dia em que eu quase me afoguei. o vidro do box do banheiro que estilhaçou. as cicatrizes. a lua. as milhares de mariposas azuis daquela trilha. o que te contar sobre esta noite, amor?

vi você deitar num bequinho. não. numa esquina. deitou ou caiu, pensei. fui deitar ao seu lado. mimetizei a queda. a barriga no chão, a face no chão. não, muito áspero. virei o ventre para cima. encostei. você virou em seguida. não está morto, pensei. apoiei o meu joelho dobrado no seu. uma na outra, deixamos pender o peso das pernas. não. a sua pendia no ar. admirável. senti os ossos da caixa torácica. a língua dos cães. temos isso ainda. dar de lamber aos cães. observei suas mãos, estreitas, suscetíveis ao tempo. frias. entregues. imaginei os pés como seriam. estreitos também, suponho. e os ombros. contorcendo em função do pescoço. uma autofagia. os braços pendurados. como os braços de camisa que se penduram em cabides. curtos. membros que nascem no meio de algo. molezinho. os corpos de bebês que continuam crescendo. desformulados. imaginei os rastros estranhos que fariam na areia. nós. deitados numa praia imaginária. o mar sem perceber. chupando. esta criatura que se confundiu com o piso. pequena. os dentes. que subiam uns nos outros. natural. da boca estreita também. agudos. não. afiados. e o gordinho dos lábios. aptos ao susto. ao asfalto. a mim. dormi. quando amanheci não estava.

antes
ou depois
do fogo

como uma partícula de areia: afunde-se. até existir. até sobreviver. até consumir o erro. até sentir encharcadas as mãos. afunde-se a procura do osso. dos restos de um osso. dos restos de um amante. dos restos de um amante que parte. render-se completamente. socorro. *não há violência como a memória*. afunde-se dentro do órgão. na lasca de sol turva da tarde. nas manchas de nomes perturbados. no espaço entre. afunde-se. até ser carvão.

antes do fogo

listo com atenção os objetos da casa
preâmbulos de sonho
panelas de barro linda ou terrivelmente envoltas no teu
braço
o cheiro do arroz cozendo o corpo
a ausência de um cão
e finalmente o barulho do gancho na rede ocupando os
minutos em que ainda não percebemos que
tudo será incendiado

o fogo é uma bifurcação
um rosto é uma bifurcação

uma oferenda
para Śiva

cair – ruir – curvar
preciptarse

àquele que é puro como a cânfora

à resplandecência das cinzas

fui olhar. o passarinho estava morto.

as amoreiras seguiam belas. embora como sempre enigmáticas, escondendo os frutos gordos por trás de folhas exíguas. foi um caso de envenenamento, perguntam. não. o passarinho negro. pousado sempre no mesmo galho de uma árvore que não dá flor. se lançou a um rasante repentino. em direção ao andar de baixo do jardim. onde, há anos, florescem as tais amoreiras. bateu a cabecinha no tronco. espatifou. foi um caso de súbita lucidez. me parece.

um lance
um rasgo
um enlevo
um acesso
um raio

re.born
re.burn

tu no lo sabes

pero

avanço / amo / calo / mírote / por / horas / a / fio
acompanho / o / mar / não / escrevo / mais / poemas
tenho ânsia / abro / também / a / boca
para devorar / engolir / um astro

dois incêndios

no primeiro, uma certeza: *desapegarse*. não segurar objetos com tecidos moles. não nomear coisalguma: nem mesmo um inseto que pousa no braço: uma escultura feita espontaneamente na areia: nada. correr: antes que o fogo te alcance: andar pelas esquinas: evitar olhares trincados: hacer amigos donde estés: después: dejarlos: *perderse* com facções fantasmas.

no segundo, uma dúvida: queima-se também a certeza. não há por'onde escapar: o fogo está em toda parte. parar para observar profundamente: o dia devorado pela tarde. tragar a fumaça que enfastia no céu. sentir-se bela com maquiagens fluorescentes. desfilar nas escadarias de um prédio queimado. voltear as chamas na sua calda de pássaro.

sempre que vejo
essas formigas
mortas
boiando no pote de mel
me pergunto
se valeu a pena

Ali me escreve de Costa Rica

tienes que
abrazar
la incertidumbre,

diz

La Incertidumbre, penso

seria uma mulher ou um vulto?

acendo velas para ela. e danço também
de olhos abertos
para capturar seu rosto incognoscível

antes do fogo

1. não tenho fé.
   as dorezinhas que acumulei
   no fundo do copo com flores
   ficaram na mesa da sala.
   pode olhar

2. seria exagero dizer que sobrevivi / que sobreviverei a isso

3. um poema lança-se pelos lados
   contornamos a cama / a cidade / paradas

4. eu sorrio

5. não é necessário fé para sorrir

6. tenho uma desistência anos a fio acumulada

7. estico os dedos para acariciar um inseto

8. somente as manhãs me acessam

9. não,
   somente as manhãs me acessam e
   a intenção de um corpo úmido gritando por campos
   imaginários

10. você quer me pegar pelos braços

11. começo a
    pensar em deus

12. não adianta, você diz

13. "tudo é breve" ou deus é demasiado

antígona

quem é esta que sai agora
acumulada no cio da terra
rebentada e outra vez humana
aquecida em suas fuligens
a criatura engolida por astros
pendurada em nomes desformes
memórias desformes
quem é esta que sai
resgatada em punho próprio
tantas vezes morta

e que ainda por cima
grita?

antígona

uma mulher uma não mulher
negra madre lesbiana latina indígena trans gorda
imigrante
puta

im here
im her
im him
im hell
im healing
im real

desapareci
estou quase toda
desaparecida

sei que em nós passeia a selva
e também o grito das aldeias
mortas

danço aos pés de uma extinção

da ferrugem dos
amores incinerados

e também do sol
a fenda lúcida de um deus
que desvela seu abismo

sobre as minhas costas

desfigurarse

poco a poco
cada día

oração

hei de aprender o silêncio
ungir a boca com mel
saber que outros corpos também falam por ti
hei de aprender o desapego das frutas
que espontaneamente se entregam a seus predadores
hei de aprender a lançar[me] sobre os rios,
as encruzilhadas, de Gaṇeśa de Eśu
hei de aprender o amor, quem sabe,
morrer cada vez, destampar da fronte
essa lua incendiária, crescendo,
guiando-nos pra dentro de si.

Jul [Julia Bicalho Mendes] nasceu dia 2 de fevereiro, em 1989, no RJ. É artista, caminhante, entre outras invenções temporárias. Se interessa pela fusão entre arte e encantamento, movendo a criação através do corpo e da escuta. Autora dos livros *para um corpo preso no guindaste* (2012); *desde quando deserto* (2014); *azul caixão* (2019); *uma ilha não é um fóssil* (2024) e das séries de fotografia *mínimo – práticas de auto.origami; telúrica; borda*. Realiza performances pelo Brasil, Uruguay e outros países da América Latina. Nas horas vagas é também instrutora de meditação e joga como fixo no futebol de várzea.

agradeço à

Adriana Maciel, Alba Lírio, Diana Gerbelli,
Luisa Müller, Marcus Groza, Ney Valle,
Raïssa de Góes e Terra Una.

que gentilmente atravessaram a composição desta ilha.

EDIÇÃO
Adriana Maciel

PRODUÇÃO EDITORIAL
Jul

PROJETO GRÁFICO
Dupla Design

REVISÃO
Luisa Müller e Marcus Groza

FOTOGRAFIAS

Jul
Páginas 6-7; 16; 21; 30-31; 34; 38; 39; 42; 43; 46-47; 62-63; 71; 74; 78; 80-81; 86; 95; 98; 108

Jul e Diana Gerbelli
Capa
Páginas 12; 13; 28; 54; 55; 60

Dados Internacionais de Catalogação na Publicação (CIP) de acordo com ISBD

M538i Mendes, Julia Bicalho
uma ilha não é um fóssil / Julia Bicalho Mendes.
Rio de Janeiro: Numa Editora, 2024.

ISBN: 978-85-67477-87-9

112 p. : il. ; 15cm x 20cm

1. Literatura brasileira.
2. Poesia.
I. Título.

2024-2754 CDD 869.1
CDU 821.134.3(81)-1

Elaborado por Odilio Hilario Moreira Junior - CRB-8/9949

Índice para catálogo sistemático:

1. Literatura brasileira: Poesia 869.1
2. Literatura brasileira: Poesia 821.134.3(81)-1

numa

contato@numaeditora.com
@numaeditora
numaeditora.com

este livro foi
composto em
Igual e impresso
em papel Polén
Natural 80g para
a Numa Editora,
em 2024.